KB077267

한창
예쁠 나이

2021 공주여자중학교 학생시집

한창
예쁠 나이

2021년 11월 29일 제1판 제1쇄 발행

엮은이   최은숙
지은이   공주여자중학교 시 쓰기 동아리 <교동일기>
펴낸이   강봉구

펴낸곳   작은숲출판사
등록번호 제406- 2013- 000081호
주소   413- 120 경기도 파주시 신촌로 21- 30(신촌동)
전화   070- 4067- 8560
팩스   0505- 499- 8560

홈페이지 http://www.littleforestpublish.co.kr
이메일   littlef2010@daum.net

©최은숙

ISBN 979- 11- 6035- 126-2   43810

2021 공주여자중학교 학생시집

한창 예쁠 나이

최은숙 엮음
공주여자중학교 시 쓰기 동아리
〈교동일기〉 지음

차례

1부 한창 예쁠 나이

2부 진짜 나

3부 훔치지 못한 봄

4부 우리는 꽃

존재의 가장 예쁜 모습을 바라보는 시

시詩의 눈을 뜨려면

우리의 일상은 평범하지만, 일상을 바라보는 시선은 특별할 수 있다는 것을 『한창 예쁠 나이』를 엮으면서 다시 깨닫고 있습니다. 다른 사람들에겐 아무것도 아닌 일, 별것 아닌 장면이 어떤 사람의 눈에는 뜻밖의 신선한 충격, 촉촉한 감동으로 스며들어 빛깔을 입고 새로운 형태로 살아납니다. 누군가 몰래 꺾어가 버린 꽃의 빈자리가 어떤 사람에겐 '훔치지 못한 봄'으로 보입니다. 이런 눈을 가진 것은 축복입니다. 빼곡한 사람들 틈에서 시달리는 등굣길. 몸을 제대로 가누지 못한 채 흔들리는 그 상황에서 어떤 학생은 탱고를 떠올립니다. 그러자 단정한 교복은 화려한 드레스로 변하고 고통스러운 만원 버스는 무도회장으로 변합니다. 이것이 시詩의 눈입니다.

다른 노력과 마찬가지로 대상을 새로운 시각으로 해석하는 것 역시 훈련이 필요합니다. '잎보다 먼저 나와 꽃잎을 열고 삐약거리는 병아리'는 시각적 대상인 벚꽃을 소리로 표현한 문장이죠. 처음엔 어렵겠지만 자꾸 연습하다 보면 눈이 바뀌고 마음이 깊어집니다. 계속 쓰다 보면 내 마음을 내 마음보다 멋지게 통역해 주는 문장들이 탄생합니다. 앞 문장이 다음 문장을 끌어낸다는 말이 있습니다. 글은 엉덩이로 쓴다는 말도 있죠. 그건 펜을 들고, 혹은 컴퓨터 앞에 앉아서, 썼다가 지우고 다시 쓰는 힘든 시간을 통과해야 비로소 글쓰기가 재미있고 편안해지는 시간이 온다는 뜻이기도 합니다. 어쨌든 노트 앞에, 컴퓨터 앞에 앉아야 글은 세상에 나옵니다.

여러분의 휴대폰 갤러리엔 여러분이 간직하고 싶은 장면들이 수백 장 쌓여 있을 거예요. 그것처럼 마음속에 들어 온 친구와 고양이에 대해서, 바람과 햇살, 화창하거나 습한 날씨에 대해서 꽃에 대해서, 그날의 감정에 대해서 사진을 찍듯 기록해 보세요. 지금까지 편하게 썼던 말로 써 보고 조금 다르게, 조금 새롭게도 써 보세요. 아마 여러 가지가 궁금해질 거예요. 저 꽃은 이름이 뭘까? 왜 그런 이름이 붙었을까? 언제 꽃잎을 펴고 닫을까? 꽃이 머금고 있는 저 색깔은 뭘까? 보라? 남보라? 붉은보라? 자주? 알고 싶은 것이 생기면 찾아보고 공부하는 것이 관심이고 사랑입니다. 그렇게 쌓이는 서사와 묘사가 여러분을 아주 풍부한 사람으로 만들어 줄 테고 여러분의 글을 매력있게 채워 주는 창고가 될 것입니다.

상처 위에 피어나는 꽃잎 같은 시

사람들에겐 자기를 표현하고자 하는 욕구가 있습니다. 그래서 참 많은 말이 오고 갑니다. 듣는 사람을 웃게 하는 재미있는 말, 모르는 것을 알려 주는 고마운 말, 깊은 공부와 생각에서 우러나오는 지혜로운 말, 평화로운 말, 모두 소중한 말들입니다. 그중에서도 귀한 말은 말하는 사람 자신과 듣는 사람의 상처를 위로하고 함께 성장하게 하는 말이 아닐까 생각합니다. 『한창 예쁠 나이』에는 그런 치유의 언어가 가득합니다. 시 쓰기, 혹은 글쓰기를 할 때 부딪치는 가장 큰 어려움은 '나를 드러내기'라고 합니다. 자기를 표현하고자 하는 욕구 못지않게 드러내고 싶지 않은 마음도 강하지요. 억지로 드러낼 것도 없고 반드시 남들에게 보여 줘야 할 필요도 없지만, 시 쓰기를 포함한 글쓰기는 나를 불편하게 하는 어떤 감정이 오래오래 나를 가두는 감옥이 되지 않도록 빗장을 여는 힘이 있습니다. 용기를 내어 슬프고 안타까운 마음을 표현하는 글은 같은 처지에 있는 독자를 위로하지요. 그것을 '공감'이라고 합니다. 쓴 사람과 읽는 사람들 사이에 공감이 일어날 때, 시는 연고처럼 상처에 스며들어 새살을 돋게 하지요. 우리는 그것을 '성장'이라고 부릅니다.

『한창 예쁠 나이』에는 친구 간의 갈등, 가족 사이에 일어나는 티격태격, 크고 작은 분쟁, 마음속 아픔에 웃음을 입히며 가볍게 털고 일어나는 시들이 많습니다. 미워하고 좌절하고 비난하고 웅크리는 것이 아니라 따스한 농담과 응원으로 감싸 줍니다. 평범한 일상의 반

짝임을 알아보는 여러분, 내 곁에 있는 존재의 가장 예쁜 모습을 찾아내는 여러분의 무한긍정의 에너지가 우리 시집의 가장 큰 매력이고 힘이라고 생각합니다. 이러한 시를 읽고 쓰면서 상처는 아물고 마음의 주름은 반듯하게 펴졌으면 좋겠습니다.

올해도 평론가 소종민 선생님께서 우리의 시를 한 편 한 편 빠짐없이 읽어 주셨습니다. 만날 때마다 칭찬하셨습니다. 이 인연이 얼마나 소중한지 모르겠습니다. 모교의 후배들을 위해 상큼발랄한 표지 그림을 그려 준 한단하 작가에게 고마운 마음 전합니다. 늘 그렇듯이, 『한창 예쁠 나이』 역시 국어 선생님들의 관심과 사랑으로 엮은 책입니다. 엄태숙 선생님, 석정훈 선생님, 조윤아 선생님, 김건호 선생님. 고맙습니다. 우리의 시에 가장 어울리는 옷을 멋있게 입혀 주시고 널리 알리는 수고를 담당해 주시는 작은숲 출판사의 강봉구 대표님. 고맙습니다.

2021. 최은숙 공주여자중학교 교사

언젠가 추억이 되어 그리워질 보석 같은 시

손에 잡히지 않는 불확실하고 불완전한,
불안한 존재를 사랑합니다

이른 아침 코끝을 스치는 서늘함과 상쾌함이 오묘하게 섞인 새벽 공기의 냄새. 한 소절을 채 듣기도 전에 그 시절 그 순간으로 나를 데려가는 음악의 신비. 늦여름 요란스레 쏟아지던 소나기가 그친 후 마법처럼 떠 있는 무지개의 빛깔.

우리가 사랑하는 이 아름다운 것들은 담을 수도, 붙잡아 둘 수도 없어 더 애틋한지도 모르겠습니다. 그렇게 영원하지 않은 불안한 것들을 사랑하는 우리는, 이 아름다운 불안을 조금이라도 더 잡고 싶어서, 오래도록 품고 싶어서 글을 쓰나 봅니다.

이 시집 안에는 여러분의 시간과 공간이 고스란히 담겨 있습니다. 가족들과 함께 보낸 따뜻한 집안의 공기도, 친구에게 서운한 마음으로 훌쩍이던 순간도 시 속에 오롯이 담겨 있어요. 언젠가 추억이 되어 그리워질 '한창 예쁠 나이'의 순간들을 보석 같은 시들로 아로새길 수 있음이 부럽고 또한 대견합니다.

여러분이 펴낸 이전의 책들
또한 그렇습니다

'다 같이 돌자 동네 한 바퀴' 속 여러분의 글 안에는 동네 구석구석에서 살아 숨 쉬는 소소한 삶의 모습들이 생생하게 담겨 있어요. '10대들의 우리 동네 아카이브'라는 제목이 어쩜 그렇게도 잘 어울리던지요. '동네'라는 말이 이렇게 예쁜 단어였나 생각하며 즐겁게 읽었습니다.

구술자를 만나 인터뷰하여 완성한 '청춘 공주'에는 어제의 공주가 고스란히 담겨 있습니다. 오늘의 공주를 사는 여러분이 쓴 글이기에 더욱 의미가 있겠지요. 그야말로 역사의 한 페이지를 기록하는 대단한 일을 해낸 여러분이 기특합니다.

글이 가진 힘을 알고, 또한 믿습니다. 글에는 사람이, 추억이, 마음이 담겨 있습니다. 그래서 여러분이 쓴 글에서는 싱그러운 꽃내음이 납니다. 얼굴을 달아오르게 하는 뜨거운 열기가 느껴지기도 하고, 손뼉 치며 깔깔 웃는 웃음소리도 들립니다. 너무 고리타분한 말이라 참아 보려 했지만, 이 시들 속에 담겨 있는 여러분의 모든 순간이 진심으로 예쁘고 사랑스럽기 그지없습니다. 훗날 여러분이 지금 엄마만큼의 나이에 책장을 펼쳐, 글 속에 있는 열대여섯 살의 자신을 만나게 될 순간을 떠올려봅니다. 뭔지 모르게 가슴이 찡한 느낌이 듭니다.

이렇게 불안하고도 아름다운 여러분 청춘의 한 페이지를 완전한 글로 품어 주신 선생님께 마음 깊이 감사의 말씀을 전합니다. 인문학 동아리 활동을 통해 경험한 다양한 글쓰기 활동은 학창 시절 즐거운 추억의 하나로만 여기기에는 너무나 크고 의미 있는 일이었고, 소중한 소산물도 남겨 주었습니다. 너무 뻔한 말이지만, 아마 여러분도 언젠가 시간이 지나면 느끼게 되겠지요. 열정과 뚝심으로 둘도 없을 경험을 하게 해 주신 선생님의 사랑을 말입니다. 그때쯤에는 여러분의 지금, 이 순간이 얼마나 눈부시게 빛나던 시절이었는지도 깨달을 테지요. 이 찬란한 청춘의 순간을 오래도록 기억하게 해 주신 최은숙 선생님. 진심으로 감사하고, 매번 감동하며 감탄합니다. 고맙습니다.

모든 글이 그러하듯 어쩌면 지금 이 글도 저에게는 또 하나의 역사가 되겠네요. 어느 노래 가사처럼 '한 사람에 하나의 역사, 한 사람에 하나의 별. 70억 개의 빛으로 빛나는 70억 가지의 World'라는 말이 참 와닿는 요즘입니다. 어여쁜 청춘의 시절을 걷고 있는 여러분 모두의 삶이 앞으로도 각자의 빛으로 마음껏 빛날 수 있기를 바라마지않습니다.

여러분. 마음껏 빛나십시오. 그래도 되는 '한창 예쁠 나이'니까
요. 여러분의 어제와 오늘을, 그리고 내일을 아낌없이 응원합니다.

2021년 햇볕이 따스한 가을날

시민영 학부모, 공주여중 2학년 이시민 어머니

한창 예쁠 나이 1부

한창 예쁠 나이

이주혜 | 3학년

마흔한 살
아직 한창 꾸미고 싶을 나이
하루에 거울만 몇 번을 보는지
나보다 더 많이 보는 것 같다

딸! 엄마 코가 너무 낮지 않아?
코를 높여 들고 나를 바라본다
내 눈엔 낮은 코가 더 예쁜데
아무리 예쁘다 해도 안 믿는다

한창 얼굴에 신경 쓸 나이
한창 예쁘게 보이고 싶을 나이

마흔한 살 우리 엄마

20

바람 탓

김주안 2학년

엄마랑 한바탕 싸우고 쿵쾅쿵쾅 방에 들어왔다
문을 닫는 순간,
쾅!
아, 창문이 열려 있었네
예상했듯이 들려오는 엄마의 목소리
"누가 문을 그렇게 닫으래!"
"아, 바람 때문에 그래!"
최대한 억울하게 들리는 목소리로 외쳤지만
그걸 믿겠냐는 듯 피식 웃으시는 엄마
바람과 함께
힘 조절을 잘못했던 내 팔이 괜히 찔려 움찔했다
바람과 내 팔이 잘못한 지분은 5:5
아니다 6:4?
바람 탓이 조금 크다

영상통화

이시민 2학년

우리 할머니, 할아버지 젊었을 적에
키우던 개가 한 마리 있었다고 한다
"할머니, 전에 키우던 그 개 이름이 뭐였어?"
"아, 그 개. 발디, 비발디."
"발디?"
옆에서 소리치는 할아버지
"뭔 발디여. 피스, 피스!"
"피스라는 놈은 키운 적이 없는디 뭔 소리 하는 거여."
"피스라니까."
"이 영감탱이가 말도 안 되는 소리 하고 자빠졌어.
오메, 국 끓여 놓고 깜빡했네."
어느새 끊어져 있는 영상통화

그래서 피스냐구요,
발디냐구요

오빠

남궁예 | 2학년

공부할 때 옆에 딴짓할 만한 거 치우랬지!
아, 알아서 할게요!
알아서 하긴 뭘 알아서 해!

나를 덜덜 떨게 만드는
엄마와 오빠의 큰 목소리
게임을 하며 화내는 소리
듣기 괴로운 오빠의 노랫소리
유튜브와 애니메이션을 보며 킥킥거리던 웃음소리
들리지 않는다
오빠가 오면 좋겠다는 몹쓸 생각을 해 버린다

오빠는 오는 그 순간부터
허전하던 집을 넘치게 채워 준다
쾅쾅 치는 큰 피아노 소리
그대여 난 기다릴 거예요
내 눈물의 편지 하늘에 닿으면

높은 음역대의 노랫소리
시커먼 양말과 냄새나는 속옷, 카라가 누래진 와이셔츠
가방을 한가득 채운 빨래

오빠는 있으면 힘들고 없으면 허전하다

일요일 밤

복재연 2학년

금요일 저녁 언니와 오빠가 집으로 돌아온다
내가 알아서 한다고, 공부가 어렵다고 짜증 내는 소리
잔소리하기 전에 하라고 화내는 소리
언니 학교생활, 말장난으로 웃는 소리로 집안을 가득 채운다

언니, 오빠가 기숙사로 돌아간 저녁은 자잘한 소리만 난다
엄마, 아빠가 자러 가고
깜깜해진 집 안에서
내 책상 스탠드만 은은하게 켜 놓고
멍을 때리면 들려오는 냉장고 소리
자라가 자갈을 파헤치는 소리
어딘가로 빨려 들어가는 느낌
몸에 힘이 빠지면서 편안해진다

엄마는 일찍 자라고 하지만
일요일 밤은 내가 가장 좋아하는 시간
이 시간이 멈췄으면 좋겠다고 생각한다

현실남매

김예서 2학년

띵동, 치킨과 치즈볼이 왔다
오빠가 방에서 나와 치킨과 날개를 집었다
나는 치즈볼을 꺼냈다
오빠, 치즈볼 열 개 중에 내가 일곱 개 먹어도 돼?
웬일로 그러라고 한다
실수로 다리도 두 개 먹어 버렸다

오빠는 말이 없다가
갑자기 치즈볼 다섯 개를 먹는다고 한다
부풀어 있던 행복이 반으로 잘려 나갔다
(이씨키 일곱 개 주기로 해 놓고 갑자기 왜 말을 바꾸는 거야?
내가 얼마나 기다렸는데)

세상 친절하게 물었다
"왜?"
"너가 다리 다 먹었잖아!"
나는 말빨이 딸려서 울기 시작했다

혹시나 하는 마음으로 오빠를 보니
눈 하나 깜빡 안 하고 논리적으로 말하기 시작했다

예서야! 자, 들어 봐
너가 다리 두 개를 먹었어 그럼 난 뭘 먹냐?
치즈볼 세 개에 퍽퍽살이랑 쪼무래기들?
그럼 난 이득이 하나도 없네?

동생한테 치즈볼이랑 다리 두 개 뺏겼다고
열아홉 살이 참, 대단하다
오빠는 나를 한심하단 듯이 보다가
그럼 나도 실수로 치즈볼 다 먹으면 되겠네?
진짜… 이게 열아홉인가 싶다

장염

김지수 2학년

마라탕, 찜닭, 쫄면, 샌드위치, 돼지불고기
뭐 먹지도 않았는데 장염이란다
밀가루 금지
유제품 금지
매운 거 금지

죽, 죽, 죽
죽만 먹었다
죽을 거 같다

가족들은 나를 집에 두고
쌀국수를 먹으러 간다
친구들은 나를 옆에 두고
떡볶이를 먹는다

집에 와 잠자리에 누웠는데도
잘 튀긴 닭 냄새가 솔솔 난다

떡볶이 치즈가 쭉쭉 늘어난다
쫄깃한 찹쌀떡이 둥둥 떠다닌다

먹고 싶다 먹고 싶다 하며 물을 마신다
먹을 거다 먹을 거다 하며 죽을 먹는다

엄마의 요리 실력

윤가은 1학년

엄마가 말씀하신다
가은아, 가란아 밥 먹어라
부엌으로 나가 보니
시금치 떡볶이가 우릴 기다리고 있었다
으아악!

언니와 나는 경악을 했다
그날 저녁
저녁 먹어라~
부엌으로 나가 보니
당근미역국이 기다리고 있었다
좀처럼 나아지지 않는 엄마의 요리 실력에
나와 언니는 마주 보며 웃었다

우리 엄마는 똥손!

365일

데굴데굴 깔깔낄 짱구를 본다
대문 열리는 경쾌한 소리 탁, 창문을 넘어온다
오뚝이처럼 자동 기립이 된다
이제부터 시작인가
마음을 단단히 먹고 준비한다
아빠 어느 때보다 가늘고 맑게 부른다
진희야
침을 꼴깍 삼킨다 시작이다
밥 먹자
즉, 아무것도 없는 상에 반찬 꺼내 놓고
순갈, 젓갈을 놓으라는 소리이다
물 좀 떠와
일어난 김에 약도 가져와
시킬 때마다 그 자리에서 아빠가 제일 가깝다
굳이 침대에 누워 있는 날 시킨다
투덜거리며 아빠의 말을 들어준다
나도 모르게 자동으로 몸이 움직인다

다시 누우면 반 박자 뒤 들려 오는 소리
불 끄고 안경 벗고 꼭 보일러 온도 맞추고 자라

스티커 의자

오태림 2학년

노란 어린이집 차에서 내리면
대문 앞에 서 계시는 할아버지
가방을 벗어 던지고
나보다 큰 의자를 거실로 끌고 나와
할아버지를 앉혀 드린다

할아버지와 의자에 덕지덕지 스티커를 붙인다
할아버지 얼굴에도 내 옷에도 스티커가 덕지덕지

할머니는 고사리를 꺾으러 가고
할아버지는 나와 논다
유일한 내 친구 할아버지

나는 혼자 스티커 의자에 앉아 있다
할아버지의 나무껍질 같은 손을 닮은 의자에
스티커를 붙여 본다

아빠 딸 수제 보호막

한나래 2학년

손안에 잡힌 손잡이 아래로 묵직함이 느껴진다
아빠의 가방
아빠한테 건네며 맞닿은 내 손과 아빠 손
늘 그렇듯 거칠고 벗겨졌다
화학약품이 튄 손
화학약품을 만지는 아빠 손
아빠는 어느새 가방을 두 개씩이나 멨다
무거운 주제에 깃털이라도 되는 줄 아나
우리 아빠 양어깨에 매달린 가방을 흘기고 신발장 끝에 선다
나는 투명한 키높이 하이힐을 신고, 품 안에서 투명한 망토
를 꺼낸다
보이지 않는 나만의 수제 망토
다이빙하듯 안기며 망토를 아빠한테 씌운다

우리 아빠,
얼마 주무시지도 못하셔서 주말에 늘 누워 계신다
아빠 혼자 타지에서 아프면 어쩌지

코로나 때문에 가슴이 더 메이네
화학약품이 기관지 상하게 하는 것은 아닐까
두통이나 어지럼증은 부르지 않기를

갔다 올게
조곤조곤하고 안심되는 말투의 목소리가 들린다
다녀오세요, 조심히 다녀오세요
문이 닫힐 때까지
아빠 모습이 완전히 사라질 때까지
돌아서서 흐뭇해한다
아빠한테 내 방어막 내 보호막 씌웠다
아빠는 이제 아빠 딸 보호받고 있다

보호막, 너 일 안 하기만 해 봐

난 상위 3% 동생

정유경 3학년

오빠 나이는 스물둘
놀랍게도 여자친구가 있다

오랜만에 휴가 나온 오빠
기분이 업됐다
언니 만나러 가겠징
아니나 다를까, 약속은 이미 잡혀 있다

내 이름을 계속 불러 댄다
유경~
유경~!
유경!!
아, 왜!
나 팩해줘 ㅎㅎ

자기가 할 수 있는 걸
꼭 나한테 부탁한다

얼굴 딱 대
아아아악!
오빠가 팩을 냉동실에 넣어 버렸던 것이다

오두방정이란 방정은 다 떨고
난 웃겨 죽는다
수분 크림으로 세상 쫀득하고 촉촉하게 마무리해 준다

오빠가 언니 만나기 전 하루는 소란스럽게 흘러간다

언니

배서영 3학년

나에게 두 살 차이 나는 언니가 있다
우리는 마주치기만 하면 싸운다
언니가 아끼는 옷을 말도 안 하고 입어서
언니가 내 방에 들어와 시비를 걸어서
언니가 좋아하는 티비 프로그램만 봐서

엄마한테 호되게 혼나고
투덜대며 각자 방에 들어간다
방에 들어가서 생각한다
언니는 괜찮나
내가 너무 심했나
아니지 솔직히 언니가 잘못하긴 했지

언니 방문을 똑똑똑 두드려 본다
무서운 호랑이 한 마리가 저리 가라고 한다
하지만 나는 딱따구리처럼 계속 문을 두드린다

38

시간이 약이라고
어느새 서로 힐끗힐끗 쳐다본다

이거 먹을래?

아빠의 지갑 속

정수연 2학년

아무리 찾아도 보이지 않는
나의 어릴 적 사진
앨범을 열어 보지만, 내 눈에 보이는 건
언니의 어릴 적 사진

왜 내 사진만 없어?

한참을 울다 눈이 팅팅 부어서야 알았다
아빠의 지갑 한쪽에 있는 작은 천사
나의 어릴 적 사진

동생만 사랑 주지 마

최예나 3학년

우리 엄마, 아빠는 동생만 사랑하신다
언니와 나한테는 조금 무뚝뚝하시다

난 동생을 질투했다
동생에게 너무나도 잘해 주셔서
나도 모르게 질투가 났다

어느 날, 언니랑 페이스북을 보다가
한 질문을 보았다.

저에게 동생이 있는데
엄마, 아빠가 동생만 사랑해요
그 밑에 댓글이 있었다

너는 이미 사랑을 충분히 받았고
동생이 아직 어리니까
엄마, 아빠는 나이가 있으시고

그 시간 남은 시간이라도
사랑을 주려는 거야

나와 언니는 그 댓글을 보고
눈물을 펑펑 쏟았다

이제 동생 질투는 그만해야겠다

LOVE

박영서 3학년

자기 전
엄마가 옷 속에서
손 하트를 꺼내며
사랑해
나는 더 큰 사랑은 없는지
잠시 생각하다 말한다
오랑해
엄마가 말한다
백랑해

아, 엄마가 먼저 선수 쳤다

엄마의 화법

한예진 2학년

오랜만에 방 청소를 했다
쓱싹쓱싹 부스럭부스럭
쓰레기가 많이도 나왔다

아이고, 곡소리를 내며 허리를 펴고
드디어 침대에 누웠다
뚜벅뚜벅 엄마가 오고 있다
칭찬해 주시겠지?

벌써 심장이 쿵쿵쿵
벌컥 엄마가 문을 열었다

해가 서쪽에서 뜨겠다
얼추 사람 방이 됐네

엄마 말은 욕인지 칭찬인지
웃어야 할지 삐쳐야 할지 모르겠다

꽃길

손예은 2학년

꽃길인 줄 알았는데
나 대신 걸은 엄마의 가시밭길이었어

비가 오는 날 같이 쓰는 우산 속엔
나 대신 젖는 엄마의 어깨가 있고
내가 학교에서 즐거울 때
엄마는 직장에서 피곤함을 느끼겠지
엄마의 정성스럽고 푸짐한 밥상 속에는
나도 모르는 엄마의 고민이 담겨 있을 거야

엄마도 꽃길을 걸었던 어린 시절이 있었을 텐데
처음 겪는 어른의 가시밭은 무섭지 않았을까
지금은 엄마의 발에 약밖에 발라 드리지 못하지만
나중에는 내가 엄마의 꽃길을 열어 드릴 거야

엄마의 진심

이수진 2학년

우리집은 엄마가 나와 내 동생을 혼자 키우신다
내 기억으론 처음 일했던 곳이 만두 공장인데
새벽에 나가서 밤늦게 들어오셨다
어느 늦은 저녁에
현관문이 열리는 소리가 나고
다리를 다친 엄마가 절뚝절뚝 들어오셨다
엄마가 집에서라도 편하게 있을 수 있도록
집 청소를 하고 밥상을 차리고
신문이나 지인들의 도움을 통해 열심히 일자리를 찾았다
앉아서 하는 일이라 손목과 허리가 많이 아프시다
내가 감기에 걸리거나 몸 상태가 안 좋으면
무슨 일이 있어도 병원에 가는데
엄마는 손목이 아프거나 컨디션이 안 좋아도
병원을 같이 가자고 하면
괜찮아, 됐어, 금방 낫겠지 하신다
어렸을 땐 정말 괜찮은 줄 알았다
중학생이 된 나는 아직도 엄마의 진심을 모르겠다

진짜 나

2부

진짜 나

서예린 3학년

모든 것에 완벽하고
모두에게 예쁨 받으려고
모든 일을 잘하고 싶었고

그래서 나에게
색을 더했다
모든 색의 빛을 더해
하얀 빛이 되어서
나를 더 빛내려고

그런데 나에겐
빛이 아니라 물감이었다
모든 색의 물감이 더해져
검은색이 되었다
진짜 나를 안보이게 했다

그제야 나는

모든 색을 지웠다
그러자 진짜 빛이 나기 시작했다
가로등 불빛이 아닌
밤하늘 별처럼

나노 블록

정세정 2학년

앉아서 뚝딱뚝딱
하나씩 끼워 보면
완성!
그럴 때면 동네방네 날아다닌다

아주 작은 단위 나노
블록은 말 그대로 블록
작은 조각을 끼워 맞추는 것

세정아, 얼른 일어나!
아침마다 부르는 엄마
일어나고 싶지만 안 일어나지는 몸
더 자고 싶다
하지만 있는 힘껏 일어나는 나
이것이 오늘 나의 첫 나노 블록

더 나은 나를 위해 노력 중

내 맘

이시은 2학년

인터넷에서 맘에 들던 옷
찾아서 주문했다
시크한 블랙 셔츠
입고 돌아다니니 내가 이 동네
일짱 된 것 같다
엄마가 동네 건달 같다고 하신다
아무렇지 않은 척했지만 마음에 걸린다

내가 제일 잘나가는 것 같은 옷
이제 건달 놀이 하는 것 같아
마음에 걸린다

그렇게 안 입게 된 옷 머릿속을 스쳐 간다
입어 보니 여전히 내 맘에 든다

역시 내가 좋아하는 옷은
남 신경 쓸 것 없이 막 입어야겠다

단 한 명의 친구

다른 아이들이 신나게 노는 것을 쳐다보거나
엎드려 자는 척을 하며
아이들의 목소리를 들으며
학교를 다녔다

상담을 하는 날이 왔다
위클래스에 가서 마음속에 있는 이야기를 모두 하니 학교가
끝났다
눈물을 닦으며 교실로 가려고 하는 순간 누군가 문을 열고
들어왔다
우리 반 아이였다
한 손에는 내 핸드폰, 한 손에는 내 가방
당황스러웠다
말도 안 해 본 친구가 내 물건을 가지고 나를 찾아왔다

아무리 친해지자고 해도 다음이면 무시하는 일이 많다
그래 이번에는 상처라도 받지 말자

책상에 앉아 낙서만 *끄적끄적*하고 있을 때
그 친구가 왔다
왜 혼자 있어 나랑 같이 위클 가자!

화장실을 빼고는 떠나지 않는 책상을 바로 떠났다
화장실을 갈 때 이동 수업을 할 때 물을 마시러 갈 때
한 번도 빠짐없이 같이 가자고 하는 친구
그 친구 곁에 있으면 다른 애들과 말할 기회도 생기고
자신감도 조금씩 생긴다
처음에는 내 곁에 아무도 없었지만
이제는 든든하고 재미있고 의지가 되는 친구들이 생겼다

골동품 시계

정신영 1학년

어차피 날지 못한다고
가만히 있는 새들 중에
홀로 날 수 있다고
짹짹거리는 새

몸이 지저분하고
날개 하나가 부러졌어도
아무 상관 없다는 듯
십 분마다 짹짹거린다

귀찮다며 포기한 친구들 사이에서
홀로 빛나는 새
은하수처럼 반짝거리게
짹짹
밤하늘의 딱 하나 보이는 별처럼
짹짹

골동품 가게 안
십 분마다 시간을 알려 주는 시계 속
한 마리의 새

비가 내린다

정서연 1학년

비가 내리고 있다
얼른 통학 버스를 탄다
비는 친구가 정말 많은 듯하다
어딜 가도 곁에 친구가 수천 명 수만 명

창문에 닿는 비들이 비스듬히 내려간다
마치 떨어지기 싫어
안간힘을 쓰고 있는 나 같다

비는 결국 떨어진다
각각 다른 길로 가는 줄 알았더니
그 뒤를 따라가는 빗방울이 있다

내가 절벽을 향해 갈 때도
뒤따라와 잡아 주는 친구가 있을까?

친구

정예원 2학년

내 친구는 모두에게 웃으며 친절하게 대해 준다
쭉 뻗은 다리에 긴 머리카락을 가지고 있고
다른 친구들을 잘 가르쳐 주며 선생님들께 주목받는다

그런 친구를
가끔 미워할 때가 있었다
저 하늘의 별처럼 한없이 높아 보여서
그만큼 멀리 있는 것 같아서

왜 그랬는지 모르겠다
친구가 별처럼 올라가기까지
빛나는 노력이 있었다는 걸 몰라서였을까

주말

오늘은 기다리고 기다리던 주말이다
아침 일찍 일어나 씻고 밥 먹고 학교 가느라 바빴다
하지만 오늘은 주말이니까 느긋하게 지내야지
망기적망기적 오후에 일어나 느긋하게 점심을 먹고
느긋하게 양치를 한 후 예능과 드라마를 본다
아~ 이게 행복이지 이게 행복이 아니면 뭐겠어

영어

백영서 1학년

영어는 동생이다
동생처럼 어렵고
짜증이 난다

영어 선생님은 좋은데
영어는 왜 이렇게 싫을까?

빨리 한글이
세계화 되었으면 좋겠다

영어는 나랑 친구하자고 그러는데
나는 그러고 싶지 않다

엄마 목소리

고유정 2학년

오전 7시, 학교 갔다가
집에 터벅터벅 걸어오면 오후 9시

하고 싶은 일은 고작
흐르는 냇물에 불과한데
도달해야 하는 곳은 넓은 바다라니

내 얼굴은 김태희가 될 수 없다는 것에 좌절하며
하얀 피부를 위해 BB크림을 바르고
앵두 같은 입술을 위해 립스틱을 바른다
거울을 본다
나는 나다

뭘 해도 제자리걸음
난 불행한 아이라고 생각한다
엄마, 나보다 힘든 사람이 있을까?
주방에서 들려오는 엄마 목소리
사춘기냐?

그때 그 아이

이수빈 2학년

공부를 엄청 싫어하던,
한 장, 두 장, 세 장, 학습지를 찢어
방 어딘가에 버리던 아이

부모님의 천재 아이로 크던,
열셋, 열넷, 열다섯, 늘어나는 나이만큼
영어 단어 보다, 수학 공식보다
재밌는 게 많은 세상이란 걸 안
그때 그 아이는
하고 싶고, 보고 싶고, 맛보고 싶어하는,

그때 그 아이와
다른 지금의 나

친구 사귀기

우시온 2학년

도저히 열리지 않는 나의 입
아무나 말을 걸어 주길
석상처럼 굳어 기다린다

밖에 나가 바람을 쐰다
시원한 소리와 함께
흩날리는 머리카락
바람은 나에게 잘만 다가오는데
나는 왜 이리 소심한 건지

뚜벅뚜벅 다가오는 발소리
그 애도 소심해서 말을 못 걸었다 했다

나만 그런 게 아니구나
용기를 내어 입을 열어 본다
안녕

자존심

이민규 1학년

넌 키가 몇이야?

머릿속은 144.3
입은 145
키는 올림

그래 봤자
모델처럼
커지는 것도 아닌데

넌 몸무게가 몇이야?

머릿속은 56.8
입은 56
몸무게는 내림

그래봤자

기린처럼
날씬해지는 것도 아닌데

괜한 자존심일까?

나는 마당을 나온 암탉

윤지영 2학년

이제껏 소망이 없었다
그렇기에 이 세계의 주인공은 내가 아니었다
누군가에게 쫓기며
선인장처럼 가시 박혀 살아왔던 내 인생
변화가 올 차례인가 봐요
암탉을 보면서
나에게 다시 와준 빛과 희망을 얻었어요
지나오면서 상처가 많았던 길은 닫아 버리고
이제 빛과 희망을 잡기로 합니다

시간이 흘러가고
지금의 나는 희망과 용기를 잃지 않는
이 세상의 주인공

나는
마당을 나온 암탉입니다

거북이

한준희 | 2학년

거북이를 사 왔다 두 마리
하나는 죽었다 나 때문에
한 놈은 질기게도 살아남아
나와 친구가 되어 주었다

키우던 가족들이
하나, 둘 갈 때도
거북이는 다 말없이 지켜보고 있었다
거북이를 만나고 몇 년간은
내가 아팠다
학교 가기가 죽을 만큼 싫었고
친구도 없어
죽고 싶어 몸부림을 치다가도
도움을 요청하며 모든 것을 다 참아내고 있을 때

거북이는 지켜보고 있었다
거북이는 나를 지켜주었다

내 이야기를 들어주었다
그렇게 우린 친구가 되었다

내 마음도 새살 돋고 아물 때쯤
거북이는 생태계 교란종이 되었다
유예하지 않으면 난 범죄자가 되고
거북이와 헤어져야 한다

지켜 주고 싶어 지켜 주었다
거북이와 이야기를 하면
거북이는 나의 말을 느껴 준다

나도 거북이가 되고 싶다

보아뱀

나는 보아뱀이다
굵고 통통한 몸통을 가진,
말 안 듣는 보아뱀

보아뱀은 원래 공부는 못한다
보아뱀은 많이 먹는다
보아뱀은 사람 말 못 알아듣는다

굵고 육중한 몸으로
방바닥을 기어 다니는 나는
바닥과 한몸이 될 테야

보아뱀은 365일 24시간 탈피 중
엄마는 기겁한다
아니, 이게 다 뭐야?
엄마가 소리를 질러 댄다
왜? 방문을 열고 들어가자

바닥과 침대 곳곳을 점령한
형형색색 허물 같은 옷가지들

엄마의 눈이 레이저를 쏜다
마지못해 방 곳곳에 널브러진 옷들을 주워 든다
엄마, 보아뱀은 먹은 것이 다 소화될 때까지 잔대
배가 고프면 일어나서 사냥하고 또 잔대

엄마는 입을 다물지 못한다
나는 나에게 충실할 거다
나는 보아뱀이다

하루의 일탈

조아현 2학년

엄마와 단둘이서 바다 여행
오빠와 아빠가 없어서 허전할 줄 알았지만
엄마가 좋아하는
임창정의 내가 저지른 사랑을 들으며
미안하지만 즐겁고 신나게 출발

짚라인을 타는 게 목표였던 엄마와 나
너무 무서워 보이고 엄청 높아 보이고
바람도 쌩쌩 불었다
서로 먼저 타라며 티격태격
동시에 탔는데
핑크빛 섞인 노을과 속이 뻥 뚫리는 파도

모래에 이름도 쓰고
첨벙첨벙 발장구도 치고

성질 급한 오빠와 아빠가 있었으면

여유롭게 즐기지도
예쁜 카페에서 수다 떨며
사진도 못 찍었을 거다

엄마와 나
단둘의 여행

문

김연주 2학년

단단히 잠가 놓은 내 문이 너덜너덜하다
밤마다 거실에서 쏘아붙이는 심한 말들
방문에 날카로운 파편처럼 박힌다

언니의 문은 어떨까
나이가 어린 동생의 문은 괜찮을까
둘의 문은 너무 상처 없이 단단했지만
손을 대자 무너져 버렸다
겉만 멀쩡했던 언니와 동생의 마음
파이고 찍히고 상처 난 문의 뒷면

엄마의 문은 어떨까
항상 싸움을 막아 보려 했던 엄마의 문
조각난 문을 혼자 고치고 있는 엄마

이젠 네 개의 문이 아닌
하나의 큰 문을 만들어 서로에게
창이 되어 주자고 했다

황무지의 꽃

김설미 | 2학년

내 마음속의 황무지
단단한 유리 벽

거기 낯선 새싹에게
아주 작은 소리로 인사했어
안녕
새싹은 활짝 핀 꽃처럼 웃었어
안녕

어색함과 기대감이
서로를 품은 날들이 지나고
우리 사이에 조금씩 길이 생겼어

새싹은 점점 커나갔지
푸른 장미가 되어
꽃잎을 흔들어 주었어
뒤를 봐

네 뒤에 펼쳐진 장미의 정원

예쁜 정원이 말했지
우리는 늘 함께 있었어

훔치지 못한 봄 3부

훔치지 못한 봄

오현정 3학년

아파트 입구 옆
정성스레 가꿔 놓은
손바닥 정원

조심스레 적어 놓은 말
안 돼요, 뽑아가지 마세요

탐내는 이가 있었나
누군가가 나눈 행복을
한주먹에 쥐려는 이가 있었나

그렇다면 도둑은
몇 송이 꽃은 훔쳤겠지만
봄이 뭔지 몰랐을 거다

돌

정수민 3학년

울퉁불퉁 커다란 돌
물속에서 떠내려 가며
깎이고 깎였다

물살같이 아프던 말
반질반질한 무늬를 남겨
어느덧 동글동글
조그만 돌이 되었다

물의 끝이 보일 때
하이얗게 빛나는
내가 되어 있을 거야

봄

이하진 3학년

추운 걸 제일 싫어하는 우리 집 고양이가
베란다로 나가는 걸 보니
드디어 봄인가 보다

한참을 창가에 앉아
밖을 보다
햇살을 머금고
그대로 잠이 들었다

놀이터에서 노는 아이들과
화분을 만지는 어머니
그리고 그 옆에
따뜻한 고양이

버스 안 탱고

김민서 1학년

학교를 가려고 친구들과 버스를 탔다
사람들이 밀물처럼 몰려와서 손잡이를 잡고 서서 간다

버스가 덜컹거린다
덜컹이는 버스를 따라 사람들도 흔들거린다

넘어지는 사람을 잡는 모습이
마치 탱고를 추는 것 같다

단정한 교복과 잔잔한 라디오가
화려한 옷과 탱고 음악으로 변한다
좌석에 앉은 관객들이 환호한다

벚꽃

윤서현 1학년

벚꽃은 성질이 급한 병아리들
잎보다 먼저 나와
꽃잎을 펴고 삐약거린다

분홍빛 울림이 언덕 위를 감돌면
그것은 봄의 안내자,
타고 남은 숯을 다시 태우는 소생의 기적

비가 한바탕 몰아치면
녹색 잎으로 털갈이한다
햇볕 곁을 서성이는 암록색 나뭇가지
그것은 바람의 현신
분홍빛의 울림을 기억하려는 작가의 펜

버찌는 떨어져
축제의 나무들 가지 끝에
땡그랑 땡그랑 종소리로 피어날 것이다

감기

전사라 1학년

이마에서 찌개가 끓듯
열이 펄펄 올라온다
첨벙 찰랑 옆에서 물소리가 들린다
흰 수건이 그물처럼 올라온다
엄마의 손이 얼음보다 차가운 것 같다
흰 수건이 물동이 안에서 올라오고 내려가고
엄마의 손도 나왔다 빠졌다 하고
빙수를 부은 것 같이 이마가 차갑다
그런데 왠지 핫팩보다 더 따듯하다
꽃잎이 떨어지듯 눈이 스르륵 감긴다

학원을 가기 싫은 100번째 이유

조성연 2학년

아파트 정문 앞에서 학원 차를 기다리는 5시 23분
항상 할머니 한 분이 먼저 서 계신다
얼마 지나지 않아 노란 수영학원 차에서
내 막냇동생보다도 작은 남자아이가
폴짝 뛰어내려 할머니 손 붙잡고 가 버린다

나는 학원에 가는데 너는 학원에서 오는구나
좋을 때다, 좋을 때야.
마스크 속에서 한숨짓고 있으면
이때다 싶어 심심해진 하루살이들이 눈앞에서 알짱거린다
바늘구멍만 한 하루살이들 덕분에
지나가는 차들 앞에서 한편의 쇼를 펼치기도 한다
벌레와의 전쟁을 펼치고 있으면 멀리서 오는 노란 차는
전부 우리 학원 차로 보이기 시작한다
애타게 바라보니 그중 하나가 내 앞에 끼익 서고
난 숨죽은 파처럼 흐물흐물 늘어져 차에 올라탄다

아직 학원엔 도착도 안 했는데…

비밀

김선아 3학년

어느 평화로운 오전이었다
갑작스레 찾아온 손님은
우리의 평화를 깨고 가셨다

손님이 주고 가신 오만 원
나와 오빠의 싸움에 불이 붙었다
아무것도 모르고 코를 드르렁드르렁 골며 자는
동생을 외면한 채
우리끼리 나눠 가졌다
그리고 우리는 약속이라도 한 듯
입에 지퍼를 채웠다

아직 그날의 일을 모르는 내 동생
나중에 맛있는 거 하나 사 줘야겠다
어느 평화롭던 오전이었다

여름 냄새

이초연 3학년

여름에만 누릴 수 있다는
그런, 그런 냄새
누군가와 추억이 깃든
그런, 그런 냄새
그저 시끄러웠던 매미 소리,
땅이 갈라질 듯한 햇빛 소리
왜 이렇게 듣고 싶은지
그윽한 풀 냄새
푸른 바람 냄새
왜 이렇게 맡고 싶은지
더운 열기가 온몸을 감싸듯 답답했던
땀 때문에 찝찝했던 옷들이,
헥헥거리던 거친 숨소리,
아이스크림, 반바지, 선풍기

그 소소함에 깃든 기억들이
가을이 되면 아쉬워서

겨울이 되면 그리워서
봄이 되면 더 그리워서
한순간도 잊은 적 없다

그날 그때의 여름 냄새

돌체

김아름 2학년

그냥 친구로만 생각했는데
그게 아닌가 보다

오늘 외울 단어가 뭐야?
그 말이
오늘 뭐 했어?

한 개를 사던 아이스크림은
두 개를 고른다

신발을 밟으며 장난을 쳤는데
신발 끈을 묶어 주고
머리를 툭툭 치며 시비 거는 대신
머리를 쓰다듬어도 익숙하다

물과 기름이었는데
맑은 물에 톡 떨어져
아름답게 퍼지는 잉크처럼

환상

신예서 1학년

편찮으신 할아버지를 보고 돌아오는 길
바람을 가르며 시골길을 달리는 자동차
창밖의 풍경은 영화관 같다
수정구슬을 세세히 박아 놓은 것 같이 빛나는 별
마치 깨진 유리 조각 같다
달을 먹어 비치는 웅덩이가 있다
개구리 소리를 들으면 잠이 쏟아질 것 같다
아무도 없는 이곳은 나만의 풍경
눈을 감으면 더 잘 보이는 풀 소리, 바람 소리, 벌레 소리
은하수를 헤엄치며 별을 디디는 상상을 한다
할아버지도 나와 함께 징검돌 같은 별을 밟고 오신다

논두렁

윤가람 1학년

사람 별로 없는 한적한 시골
나는 자전거를 타고 동네를 빙글빙글
놀이터도 가고, 다리도 가고
그랬더니 시간은 5시를 나타내고 있었다
차 한 대, 나 한 명 갈 수 있는 길에서
차가 빵- 빵- 경적을 울린다
휴, 다행히 부딪히지는 않았다

그런데
철퍽! 논두렁이 나를
자신에게 끌어당겼다
질척질척 기분 나쁜 진흙
어느새 갈색으로 물든 옷

그 소식을 전해 들으신 할아버지
나 꺼내러 후다닥 달려오셨다
집에 가자 작은할아버지 말씀하시길,

"우렁은 잡았냐?"
집이 들썩이며 웃었다

가지볶음

그날 저녁 할머니께 반찬이 이게 뭐냐고 화를 냈다
할머니는 내 따뜻한 밥에 가지볶음을 올려 줬고
숟가락을 거칠게 내려놓으며 할머니 댁을 나왔다

현관문을 닫고 나니 후회가 밀려온다
왜 그랬어 할머니
차라리 날 혼내지
더 미안해지게 왜 그랬어

그 여름밤의 공기는 숨이 막혔다
내 마음처럼 답답하고 습했다
대리석 계단에 걸터앉는데 왜 그렇게 시린지

내가 기다리는 것

오하람 2학년

어두운 밤 왔다 갔다 하는 텔레비전 불빛과
방금 켜진 가로등 불빛만이 번쩍이고

개굴개굴 개구리들 울음소리와
시끌시끌 나뭇잎 소리와 나란히 장판 위에 누워
신발장만 빤히 바라보면

텔레비전 불빛도 아닌, 가로등 불빛도 아닌
빨간 에메랄드 모양 자동차 불빛이 집안에 들어온다
개구리 울음소리도 나뭇잎 소리도 딱 그친다
계단을 오르는 큰 발소리와 끼익 열리는 현관문

"아빠, 다녀오셨어요?"

내가 기다리는 그것

절대 녹지 않는 따뜻한 얼음과자

김의정 1학년

유난히 잠이 오지 않는 새벽
무언가를 알려 주느라 그런 걸까

철없던 내가 버티기는 힘든 몇 시간
찾아가지 않았던 나를
사랑해 준 사람

늘 얼음과자를 말하며
아이스크림을 주었던 사람

내가 받은 얼음과자
차가운 얼음장 같은
그렇지만 따뜻한 모닥불 같은
이별 선물

할아버지는 내게
이별 선물을 주고 나서야
정말 천사가 될 수 있었다

우리는 꽃

4부

우리는 꽃

자세히 바라본 꽃들은
우리만의 색으로 모두 다르네

봄맞이꽃은 노랗게 비추는 햇살
민들레는 보들보들한 강아지 털
냉이꽃과 꽃다지꽃은 봄날의 꽃나무
우리 같은 꽃

가은이는 쉬는 시간이면 재잘재잘
태린이는 발걸음도 조신조신
늘씬한 지우는 길쭉길쭉
지수는 밝은 해처럼 싱글벙글

다르지만 우리는 같은 꽃

친구의 이름

성현주 2학년

우리 절교야
운동장이 황무지로 변한다
홀로 서 있듯 아무도 보이지 않는다
심장이 나가려고 발악한다
억지로 붙잡아 겨우 안정을 취했지만
친구는 이미 교실로 돌아갔다

발을 질질 끌며 교실로 가자
때마침 국어 시간, 친구소개 시간이다
친한 친구의 이름을 적읍시다

친구? 누구?
이번엔 눈이 떼를 쓴다
등이 뜨겁기도 차갑기도 하다
옆을 힐긋 보고 세게 펜을 쥔다
꾹꾹 눌러쓴 이름이 심장을 뚫는다

마지막 종이 울리고 집으로 간다
저기 현주야 절교 취소하자
떨리는 목소리지만 눈은 굳세다
하루 동안 혼자 있던 나에게 미소가 핀다
그동안 부르지 못한 이름을 꺼낸다

슬기와 나

김려원 2학년

슬기가 울면서 말했지
왜 나 맞췄어?
나는 할 말이 없었어
슬기를 달래는 친구들의 눈빛이 무서웠어
나는 고양이 떼 안에 갇혀 있는 한 마리 쥐 같았어
친구들은 나무라지는 않았지만
네가 죄인이라는 듯한 표정이었어
슬기랑은 잘 놀지 않았어
슬기를 볼 때마다 마음이 움찔했어
별것 아닌 것 같았는데
아직도 내 마음 한구석에 슬기가 있지
혼자 얘기하지
피구는 상대방을 맞추는 게임이잖아
널 맞춘 내가 잘못한 걸까?
하지만 날 좋아하는 너를 맞춘 건
내 잘못이기도 한 것 같아

B급 성적표

김찬송 3학년

성적표는 컵라면이다
물 부어 놓고 3분 기다리는 사람처럼
하염없이 배달부 아저씨를 기다리게 한다

성적표는 마법사다
나를 한우로 만든다
성적표에 따라 나는
A급도 되고 B급도 된다

한편, 성적표는 신기하다
남매간의 의리를 다지게 해준다
매일 고자질하던 오빠도
성적표 앞에선 마치 짠 듯
나와 눈빛을 교환한다

등굣길 미션

김민정 2학년

야 김민정 어디야!
아아 거의 다 왔어
아 빨리 와!
북적북적 나를 기다리는 친구들

왜 이제 와! 찌릿찌릿 따가운 시선
아잉 자기들 미안해잉
교문 앞에서 매의 눈 장착하고
우리를 기다리는 선생님

치마 짧다
사복 입지 마

혹시 나도 걸릴까, 친구들 사이에 숨어
조용히 교문을 지나간다
휴, 무사통과

두 번째 관문
열화상 카메라 앞에서 수줍은 브이
뿌슝뿌슝 뿜어내는 손 소독제
마지막 관문 무한의 계단
우리 반은 왜 4층인가
원망하며 도착한 교실
숨을 헐떡헐떡 내쉬며 반으로 들어간다

오늘도 미션 성공
매일 아침 우리에게 주어지는
콩닥콩닥 등굣길 미션

우리

이지윤 2학년

중학교에 처음 입학한 날
새 교복을 입은 그날
문을 열자마자 어색하게 떨리는 공기의 흐름

다른 아이들과 섞이지 못할 거라 생각했던 나
그때 너희들이 말을 걸었지
다음 날에도
그다음 날에도

어느새 우린 하루의 시작과 끝을 함께했고
얼굴만 봐도 웃음이 나왔지

곰곰이 생각해 보니
처음부터 우린 섞여 있던 것인데
단지 그걸 느끼지 못했을 뿐이다

우리 학교

최민서 2학년

울려 퍼지는 새소리
잠에서 깼다
학교 갈 생각에 신나서 빨리 달려갔다

바닥은 대리석으로 된 타일
중앙엔 고급스러운 분수
우리 학교는 고급 호텔의 로비

색색의 꽃과 벚꽃 나무가 자리 잡은 큰 정원
잔잔한 음악이 흘러나오는 여유로운 점심시간

시간 가는 줄 모르고 지내다 보면
벌써 집 갈 시간
학교에서 발이 떼지지 않네

이랬으면 좋겠다

3월 22일

최민희 2학년

숙제를 놓고 갔다는 걸
학원에 거의 다 가서 알게 되었다

다시 학교로 돌아갔다
우리 교실은 텅 비어 있고
반에 혼자 있으니 기분이 이상했다

숙제를 가방에 넣었다
아, 바닥 한번 쓸고 갈까?
자리를 쓸고 소연이 자리를 보니 캔 두 개
쓰레기통 근처에는 병 두 개

캔과 병을 버리러 가는데
캔의 주인 소연이가 벤치에 앉아서 소리쳤다
민희야 고마워!
마음이 징~ 하고 울렸다

반장 선거

지예린 2학년

제가 만약 반장이 된다면
그날의 공지 사항을 단톡에 올리겠습니다
전날부터 연습했던 반장 선거
떨지 말고 또박또박 천천히 말해야지
드디어 반장선거 시간
심장이 튀어나올 것 같다

"소방관은 불을 끄고 경찰은 도둑을 잡고
저는 우리 반에서 일어나는 일을 해결하겠습니다."
"헬로키티는 입은 없지만, 귀는 있습니다.
저도 헬로키티처럼 말을 아끼고 귀를 기울이겠습니다."

젠장 너무 강적이잖아
다섯 명 중 네 번째인 내 차례
떨지 말자고 그렇게 연습했는데
막상 애들 앞에 서니 한없이 작아지는 느낌
그렇게 떨리고 작아지는 목소리로 망쳐 버렸다

2학기야 기다려 그땐 더 열심히 해서
내가 반장 꼭 할게

오늘도

양서현 2학년

주황빛으로 채워져 갈 즈음
해와 함께 꾸물꾸물 일어나고
푸른빛으로 채워져 갈 즈음
책과 함께 눈 번쩍 뜨며 함께 지내고
검은빛으로 채워져 갈 즈음
숙제와 함께 눈 비비며 풀어나가는 반복되는 하루

친구의 부탁을 단호히 거절도 못 하고
선생님의 말씀에는 네, 라는 대답밖에 못 하고
부모님께서 시키시는 일도
모두 내 일보단 우선

가끔 진실한 눈물로 적시기도 하는
나는 오늘도 나의 껍데기 속에 살아간다

D-DAY

박지수 3학년

2학년 1학기 기말고사였다
시험지를 나눠주자마자
친구들의 눈은 모두 시험지를 향했다

서걱서걱 연필 소리
정적 속의 시곗바늘 소리
포기하고 엎드리는 어깨들
발 떠는 소리가 난다

하얀 백지 같은 내 머릿속,
덜덜 떨고 있는 내 손가락들

시간이 흐를수록 모래시계에 파묻히는 느낌
우리 반 아닌 것 같은 조용한 분위기
생각하면 할수록 더 모르겠는 문제뿐이라
급하게 머리를 굴려 본다
식은땀이 나는

평생 잊지 못할
그날

응답 없음

원지우 3학년

콧속으로 들어오는 선선한 바람과
눈가에 따스한 아침 햇살을 맞으며
기분 좋은 아침을 열면
아, 지각이다
눈곱 뗄 시간도 없이
EBS 온라인클래스에 접속하기 바쁘다

자 그럼 모두 모인 것 같으니 출석을…
선생님 화면이 안 보여요
선생님 카메라가 안 켜져요ㅠㅠ
선생님 저 여기 있어요!
선생님 채팅 좀 읽어 주세요
선생님 자꾸 팅겨요ㅠㅠ

[이 페이지의 응답 없음.]
내 머릿속도 응답 없음
실시간 화상수업
응, 답 없음

공부

이재희 2학년

주말에 친구랑 공부를 하기로 했다
친구와 공부를 하는 것은 처음이라 신난다
카페에서 디저트와 음료수를 시키고
기다리는 동안 카페를 둘러봤다
몽환적인 분위기
집중하기 좋을 것 같다
교과서와 필기구를 꺼냈다
우리 테이블은 사각사각 샤프 소리뿐
그러던 와중 친구가
야야 너 그거 알아? 오늘 아침에 들은 건데…
오늘 공부하긴 글렀다

그 소독솜

박지현 2학년

기다리고 기다리던 체육 시간
체육관은 어두컴컴 아무것도 보이지 않는다
커튼 사이로 보이는 빛을 전등 삼아 뛰어간다
어떤 친구는 수다 떨고 어떤 친구는 피아노를 친다
나는 피아노 소리에 흥이 겨워 춤을 추며 뛰어간다
야, 그 줄 조심해!
바닥에 있던 배드민턴 네트에 걸렸다
아! 내 발가락
친구들이 몰려와서 괜찮으냐고 물었다
하지만 아무 소리도 들리지 않는다
친구들이 소독솜과 밴드를 가져왔다
소독솜은 아플 것 같다며 싫다고 외쳤다
이거 휴지에 물 묻힌 거야!
애들이 한숨을 쉬며 보여 주었다
친구들을 믿고 발가락을 내어 주었다
물 묻힌 휴지치곤 너무 따가웠다
알고 보니 나를 위해 거짓말을 했던 거였다
친구들아 고마워

나의 오 분

김준솔 2학년

어김없이 알람시계는 울렸다
꿈이었으면 좋겠는데
옆에서 엄마 목소리가 들린다
일어났니? 오 분만요
씻었니? 오 분만요
밥 먹어야지! 오 분만요

연예인처럼 꾸미는 외모보다
산 같은 머슴밥보다
오 분의 잠

엄마의 잔소리가 들려도
아빠가 재촉해도
스마트폰 벨 소리가 울려도
포기할 수 없는 오 분

오 분 전으로 미리 알람시계를 맞춰 놓기 때문에

결국 똑같은 시간
그걸 알면서도 오 분의 행복은 휴식이다
매일 오 분을 믿고 행복하다

지워지는 기억
- 정인아 미안해

임지은 3학년

후두골, 좌측 쇄골, 좌우측 늑골, 우측척골, 좌측 견갑골, 우측 대퇴골이 골절되고

소장, 대장, 장간막이 파열되고 췌장이 절단되고 복강 내 출혈이 일어나고 전신에 피하출혈이 일어난 아이를 아십니까?

아무 소리 없이 죽기만을 기다린 아이를 아십니까?

태어난 지 492일밖에 되지 않은 아이가 겪은 고통을 아십니까?

그 아이는요

입양이 되어서 학대만 받았습니다

그 양모는요

어이없는 이유로 별점 테러를 하고 다니다

학대로 입이 찢어진 그 아이에게

구내염 진단을 한 소아과에겐 5점을 준 추악한 사람이고요

구치소에 가서도 딸기잼으로 팩을 하고

수술한 가슴을 과시하고 다닙니다

당신은 그 아이를 기억하십니까?

자극적인 기사에 벌떼 같이 몰려들던 사람들은
그때만 관심을 가져 줬습니다
기억에서 지워지고 있습니다

세상은 쉽게 안 변하죠
그렇더라고요
그 아이 후에도 피해 아동은
계속 나오고 잊히더라고요

푸른빛 노을은 오늘도 지고 있습니다

싱그러운 새 힘의 목소리

- 2021 공주여자중학교 학생시집 『한창 예쁠 나이』

소종민 문학평론가

마음이 편치 않고 몸 둘 데도 마땅치 않았던 지난해에 비해 올해는 분명히 달라졌다. 마스크 쓰기, 손 씻기, 열 체크, 백신 접종이 자연스럽고도 당연한 일이 되면서 코로나바이러스에 대한 불안과 공포가 많이 가라앉았다. 무엇보다 2021년 공주여중 학생시집 『한창 예쁠 나이』를 읽으면서, 우리 일상이 제자리를 찾아가고 있구나, 하고 선명하게 느끼게 되었다. 세상의 미세한 변화를 먼저 느끼고, 금세 몸과 마음을 바꾸는 '푸른 표현'들이 가득한 이 시집에서 믿음직한 내일을 느낀다.

미래의 사람들이 과거와 현재의 사람들을 깨친다. 무겁고 어두운 과거와 망설이고 흔들리는 현재에 묶여 있는 어른들에게, 발랄하고 경쾌하며 힘찬 젊은이들이 걱정하지 말고 미래를 향해 함께 가자고 손 내민다. 따뜻하고 갸륵한 이 작은 손을 그 누가 잡지 않을까. 11월부터 '위드with 코로나'로 전환한다는 뉴스를 보았다. 젊은 손을 잡고 즐겁게 걷다 보면, 내년엔 '위드아웃^{without} 코로나'로 지내게 되리라고 믿는다.

기후 위기로 인한 기상 이변, 지구화로 인한 바이러스의 급속 전파 등은 예전엔 볼 수 없었던 새로운 유형의 재난이다. 그만큼 가족이 서로, 친구와 이웃이 서로 지혜와 힘을 모을 때다. 서로에 대하여 더 세심한 관심과 사랑을 기울여야 한다. 시집『한창 예쁠 나이』에는 그런 관심의 표현과 사랑의 방식이 다채롭게 묘사된다. 공주여중 학생들의 싱그러운 목소리에 귀를 열고 마음을 열면, 새로운 환경, 새로운 여건에서 살아나갈 새 힘이 솟아나고 있다는 걸 느낄 수 있다. 69편의 시를 함께 읽으며, 다시 힘내 보자.

우리 가족·우리 식구의 기쁨과 슬픔과 사랑

'식구'는 먹을 식(食) 입 구(口), 한자 두 개를 붙인 말이다. 밥을 함께 먹는 사람들, 곧 가족을 뜻한다. 엄마, 아빠, 할아버지, 할머니, 언니, 오빠 그리고 동생이 함께 밥을 먹는 한 식구다. 식구 가운데 '나'와 가장 가까운 사람은 '엄마'다. 나는 엄마에게 의지하고, 엄마도 나에게 의지한다. 그래서 가끔 "엄마와 한바탕 싸우고" 서로 "피식 웃으"며 금세 화해하기도 한다(김주안,「바람탓」). "좀처럼 나아지지 않는 엄마의 요리 실력"에 매번 경악하지만, 또 웃음이 난다(윤가은,「엄마의 요리 실력」). 오랜만에 방 청소를 하고 스스로 대견하지만, 엄마는 달랑 "얼추 사람 방이 됐네"라고만 해서 이 말이 칭찬인지 비난인지 알 수 없다(한예진,「엄마의 화법」). 그렇지만 엄마는 "사랑해"하고 손

하트를 날린다(박영서, 「LOVE」). 엄마만큼 나를 사랑하는 사람이 있을까?

　일하느라 아픈 손목과 허리를 주무르실 때 "병원을 같이 가자고 하면" 엄마는 "괜찮아, 됐어, 금방 낫겠지"라고만 한다(이수진, 「엄마의 진심」). 그 진심을 어떻게 헤아려야 할까? 나와 식구를 위해 고생하는 엄마를 보며, 나중에 꼭 "엄마의 꽃길을 열어 드릴 거야" 하고 다짐하기도 한다(손예은, 「꽃길」). 엄마하고만 시간을 같이 보내보자는 결심도 하고 또 실행도 한다. "엄마와 단둘이서 바다 여행"을 가는 것이다! 엄마와 함께 "핑크빛 섞인 노을과 속이 뻥 뚫리는 파도"를 바라본다. "예쁜 카페에서 수다 떨며/ 사진도" 찍는다(조아현, 「하루의 일탈」). 그래, 엄마는 참 예쁘다. 엄마도 "아직 한창 꾸미고 싶을 나이"고, "한창 얼굴에 신경" 쓰고 "한창 예쁘게 보이고 싶을 나이"다. 문득 그런 생각이 든다. 엄마도 나만큼 "한창 예쁠 나이"다(이주혜, 「한창 예쁠 나이」). 엄마를 더 예뻐하고 사랑하자.

　아빠는 엄마만큼 자주 보지는 못하지만, 사랑하는 건 마찬가지다. 일을 마치고 돌아온 아빠가 이름을 부르며 심부름시키면 투덜거리면서도 "아빠의 말을 들어준다/ 나도 모르게 자동으로 몸이 움직인다"(이진희, 「365일」). 아빠의 지갑 속에 내 사진이 있기는 할까 하고 의심하다가 "아빠의 지갑 한쪽에 있는 작은 천사/ 나의 어릴 적 사진"을 발견하고 히죽 웃는다(정수연, 「아빠의 지갑 속」). 묵직한 가방, 거칠고 벗겨진 손, 무거워 보이는 어깨, 주말이면 늘 누워 있는 아빠의 모습을 보면, 마음이 안쓰러워 지켜 주고 싶다는 생각이 저절로 일어난다. "보이지 않는 나만의 수제 망토"를 아빠에게 씌우고 주문을 건다. "아빠는 이제 아빠 딸"의 보호를 받고 있다고 말이다(한나래, 「아빠 딸 수제 보호막」). 오늘도 아빠는 늦는다. 텔레비전 불빛과 가로등 불빛만 보이고, 개구리 울음소리, 나뭇잎 소리만 들린다. "내가 기다리는 것"은 자동차 불빛과 "계단을 오르는 큰 발소리"와 현관문 소리다. "아빠, 다녀오셨어요?" 내가 사랑하는 아빠가 왔다(오하람, 「내가 기다리는 것」).

우리 식구에는 엄마, 아빠 이외에도 주말이면 집으로 돌아오는 언니, 오빠도 있다. 게임에 빠져 있거나, 유튜브 보면서 킥킥대고, 피아노를 쿵쾅거리며 큰소리로 노래 부르는 오빠는 냄새나는 양말, 속옷, 와이셔츠만 남겨 두고 또 학교 기숙사로 간다. "오빠는 있으면 힘들고 없으면 허전하다"(남궁예, 「오빠」). 여자친구 만나러 간다는 오빠 얼굴에 팩도 해 주고 수분 크림도 발라 주는 "난 상위 3% 동생"이다(정유경, 「난 상위 3% 동생」). 오빠와 '나'는 손님이 주고 간 5만 원을 동생 몰래 반씩 나눠 갖는 비밀을 공유한 사이이기도 하다(김선아, 「비밀」). 하지만 대체로는 겨우 치즈볼 두 개, 치킨 다리 두 개 때문에 티격태격 다투는 사이인 게 더 맞다(김예서, 「현실 남매」).

두 살 차이 나는 언니와도 "마주치기만 하면 싸운다". 옷 때문에 싸우고, TV 때문에 싸운다. 엄마한테 혼나고서 각자 방으로 들어가 생각한다. "내가 너무 심했나/ 아니지 솔직히 언니가 잘못하긴 했지" 하고 말이다. 하지만 또 금세 "이거 먹을래?" 하고 화합한다(「배서영, 「언니」). 동생만 사랑하는 엄마, 아빠한테 실망한 언니와 '나'는 "남은 시간이라도/ 사랑을 주려고" 동생에게 사랑을 쏟는 거라는 인터넷 댓글을 보고선 같이 "눈물을 펑펑 쏟는다"(최예나, 「동생만 사랑 주지 마」). 그래도 언니, 오빠가 집에 오면 시끌시끌, 들썩들썩 사람 사는 집이 된다. 하지만 둘 다 다시 학교 기숙사로 돌아가야 "내가 가장 좋아하는 시간"인 일요일 밤을 맞을 수 있다(복재연, 「일요일 밤」).

엄마, 아빠가 일하러 나갔을 때 할머니, 할아버지는 '어린 나'를 돌보아 주셨다. 어린이집 갈 때나 올 때는 할머니가, 놀이터에 갈 때는 할아버지가 같이 갔다. '나'는 "할아버지와 의자에 덕지덕지 스티커를" 붙이고 놀았다. "유일한 내 친구"는 할아버지다. 지금 "나는 혼자 스티커 의자에 앉아 있다". 할아버지의 손을 닮은 의자에 스티커를 붙인다(오태림, 「스티커 의자」). 할아버지가 보고 싶다. 아이스크림을 늘 '얼음과자'라고 말씀하시던 할아버지는 지금 곁에 없다. "따듯한 모닥불 같은" "이별 선물을 주고" 할아버지는 천사가 되었다(김의정, 「절대 녹지 않는 따듯한 얼음과자」).

> 편찮으신 할아버지를 보고 돌아오는 길
> 바람을 가르며 시골길을 달리는 자동차
> 창밖의 풍경은 영화관 같다
> 수정구슬을 세세히 박아 놓은 것 같이 빛나는 별
> 마치 깨진 유리 조각 같다
> 달을 먹어 비치는 웅덩이가 있다
> 개구리 소리를 들으면 잠이 쏟아질 것 같다
> 아무도 없는 이곳은 나만의 풍경
> 눈을 감으면 더 잘 보이는 풀 소리, 바람 소리, 벌레 소리
> 은하수를 헤엄치며 별을 디디는 상상을 한다
> 할아버지도 나와 함께 징검돌 같은 별을 밟고 오신다
> - 신예서, 「환상」

요양병원에 계신 할아버지는 한동안 면회가 안 되었다. 여러분이 모여 있는 병원에 바이러스 감염이 일어나면 안 되기 때문이었다. 간신히 할아버지 얼굴을 보고 돌아오면서 마음이 착잡했다. 바깥출입을 할 수 없는 할아버지를 대신해서 '나'는 꿈을 꾼다. 나처럼 할아버지도 시골길의 바람을 맞고, 밤하늘의 수정 같은 별을 보고, 개구리 소리와 풀 소리와 벌레 소리를 들으며 주무실 수 있다면 좋을 텐데…. 내 꿈에라도 할아버지가 은하수를 헤엄치며 별을 밟고 걸어오시길 '나'는 간절히 바라고 있다.

엄마, 아빠가 늦거나 오랫동안 집에 오지 못할 때, 저녁은 할머니가 차려 주셨다. 하지만 "그날 저녁 할머니께 반찬이 이게 뭐냐고 화를 냈다." 할머니가 만든 가지볶음이 맘에 들지 않았다. 그 여름밤, "공기는 숨이 막혔다/ 내 마음처럼 답답하고 습했다/ 대리석 계단에 걸터앉는데 왜 그렇게 시린지"(장세연, 「가지볶음」). 생각해 보면 할머니한테 화난 게 아니었다. 가지볶음이 싫었던 건 사실이지만 그렇다고 화를 낼 일은 아니었다. 난 무엇 때문에 그렇게 화가 났을까? 후회가 밀려오고 할머니께 죄송하다.

할아버지와 할머니가 어린 '나'를 좋아하고 사랑하는 데는 조건이 없다. '우리 강아지'는 무조건 이쁘다고 하신다. 그런데, 두 분과 영상통화를 하다가 "할머니, 전에 키우던 그 개 이름이 뭐였어?" 하고 묻자 할머니의 대답에 할아버지가 그 이름이 아니라고 껴들어 티격태격하신다. 그러다 할머니가 "오메, 국 끓여 놓고 깜빡했네" 하며, 전화가 툭 끊긴다(이시민, 「영상통화」). 어이없다. 할아버지, 할머니는 정말 무조건이다. 오래 건강하시고 늘 즐겁게 지내시기를!

가족은 우리에게 없어선 안 되는 가장 소중한 사람들이다. 가족 안에서 '나'는 태어나고 자란다. 물론 가족이 '나'를 섭섭하게 할 때도 있다. '장염'에 걸려 아무 음식이나 먹으면 안 되는 '나'만 빼놓고 쌀국수 먹으러 가는(김지수, 「장염」) '가족'이기도 하고, 자동차를 피하다가 자전거째로 논두렁에 빠진 '나'를 두고 "우렁은 잡았냐?"고 놀리는(윤가람, 「논두렁」) 가족이기도 하지만, 우리의 가족은 '내'가 감기라도 걸리면 끙끙 앓는 '내 이마'에 물 적신 흰 수건을 올려주고, 차가운 손으로 열을 식혀준다. 가족에게 '나'는 역시 없어선 안 되는 소중한 사람인 게 틀림없다. 가족의 사랑은 "첨벙 찰랑 옆에서 물소리가" 들리듯 기분 좋고, 그 사랑은 "꽃잎이 떨어지듯"(전사라, 「감기」) 부드럽고 달콤하다. 가족은 나에게 무엇보다 큰 사랑이다.

나와 너, 서로 알고 사귀며 위기를 헤쳐 나가는 우리

'나'는 어떤 '나'일까? 나는 "모든 것에 완벽하고/ 모두에게 예쁨 받으려고/ 모든 일을 잘하고 싶"지만 그럴수록 '나'는 없었다. "모든 색의 물감"을 더하다 보니 '나'는 '검은색'이 된 것이었다. 하나씩 색을 지울 때 '나'는 '밤하늘 별'처럼 빛나는 '진짜 나'를 찾을 수 있었다(서예린, 「진짜 나」). 모두를 만족시키고 모든 일을 다 할 수 있는 '나'란? 한계를 모르는 '나'는 있을 수 없다. 거꾸로 '나의 한계'를 깨달을 때 '내'가 거기 있는 것 같다. '나'는 '나노 블록' 같아서 "작은 조각을 끼워 맞추는 것"일 수도 있다. 하루하루 일분일초 아주 조금씩 "더 나은 나를 위해 노력"하는(정세정, 「나노 블록」) '나'를 발견하는 일이 중요해 보인다.

시선이 신경 쓰여 "안 입게 된 옷"들이 "머릿속을 스쳐 간다". 그 옷을 "입어보니 여전히 내 맘에 든다." 그렇다! "역시 내가 좋아하는 옷은/ 남 신경 쓸 것 없이 막 입어야" 한다(이시은, 「내 맘」). 거기 '내'가 있기 때문이다. 물론 너무 '나'를 내세워 과시하고 자만할 필요는 없다. 그냥 당당히 '나'를, '내가 좋아하는 것'을, '내 맘에 드는 것'을 당당히 표현하는 게 중요하다. 그렇게 해야 '나'는 살 만하니까. 학교에 가지 않는 주말에 맘껏 휴식을 취하며 '나'는 '행복'을 누릴 권리가 있다 (송연주, 「주말」). 헌법에도 '행복 추구권'을 보장하고 있다!

그래도 맘껏 '나'를 표현하기에는 아직 여러 가지 여건이 부족하다. "하고 싶은 일은 고작/ 흐르는 냇물에 불과한데/ 도달해야 하는 곳은 넓은 바다라니" 말이다. 잔뜩 화장을 하고선 거울을 보니, 여전히 조금도 변함없이 "나는 나다"(고유정, 「엄마 목소리」). 그럴 땐, '그때 그 아이'를 떠올려 본다. "공부를 엄청 싫어하던" 그 아이, "부모님의 천재아이로 크던" 그 아이는 바로 '어릴 적 나'다. "그때 그 아이와/ 다른 지금의 나"는 "영어 단어보다, 수학 공식보다/ 재밌는 게 많은 세상이란 걸" 너무 잘 알고 있다(이수빈, 「그때 그 아이」). "넌 키가 몇이야?" 하고 누가 물어볼 때도, 또 "넌 몸무게가 몇이야?" 하고 물어볼 때도 '나'는 다르게 말하고 싶다. 하지만 '그래봤자'다. 키도 그대로 몸무게도 그대론데 다르게 말하고 싶은 이유는 뭘까? "괜한 자존심" 때문일까? 왜 '난' 이런 사소한 것에도 자존심이 상하는 걸까? (이민규, 「자존심」)

그건 가끔, 아니 자주 지금의 나와는 다른 나였으면 해서다. 그건 간절한 소망이기도 하다. 소망을 품는다는 건 그 자체로 중요한 일이다. "선인장처럼 가시 박혀 살아왔던 내 인생"에 "변화가 올 차례"가

왔다는 걸 느낀 것이기 때문이다. "지금의 나는 희망과 용기를 잃지 않는/ 이 세상의 주인공"(윤지영, 「나는 마당을 나온 암탉」)이다. 현실은 가혹하여 "굵고 육중한 몸으로/ 방바닥을 기어 다니는 나는/ 바닥과 한몸이" 된 '보아뱀'이 되어(조윤서, 「보아뱀」) 현실을 외면하고 싶을 때도 있다. 하지만, '내'가 많이 아프고, 친구도 없이 모든 고통을 참아내고 있을 때 묵묵히 옆을 지켜준 '거북이'를 보며 "나도 거북이가 되고 싶다"고(한준희, 「거북이」) 소망하는 것은 현실을 이겨낼 마음, '나'를 변화시킬 의지가 생긴 것이다. 어쩌면 우리는, 그리고 나'는 매일 변모하고 변신하고 있는지도 모른다. 처음엔 "울퉁불퉁 커다란 돌"이었지만, 지금 '나'는 "어느덧 동글동글/ 조그만 돌"이다. '나'는 조만간 "하이얗게 빛나는/ 내가 되어 있을"(정수민, 「돌」) 거다. 그렇게 '나 자신'의 변화를 몸과 마음으로 깨치는 순간, 우리는 한층 더 지혜롭다.

지금의 나는 어디에 있고 무엇을 하고 또 어떤지는 스스로 알아내기에 좀 어렵다. 가족과 친구는 그런 내 모습을 비추는 거울이 되어준다. 그런데, 같은 또래의 친구들은 '나'와 너무 비슷해서 오히려 말 걸기가 두렵다. '나'는 마치 골동품 시계 안의 새처럼 "홀로 날 수 있다고/ 짹짹거리는 새"다. 친구들에게 선뜻 다가서지 못하고 '시계' 안에 웅크려 있다. 그래도 '나'는 "귀찮다며 포기한 친구들 사이에서/ 홀로 빛나는 새"다(정신영, 「골동품 시계」). 이렇게 "안간힘을 쓰고 있는 나"는 통학 버스 안에서 내리는 비를 보며 "비는 친구가 정말 많은 듯하다/ 어딜 가도 곁에 친구가 수천 명 수만 명"이라고 부러워한다(정서연, 「비가 내린다」). '주황빛'으로 시작해서 '푸른빛'으로 채워지다가 '검은빛'이 되는 "반복되는 하루"에 '나'는 단호하지 못한 채 "오늘도 나의 껍데기 속에 살아간다"(양서현, 「오늘도」). '나'는 외롭다.

"도무지 열리지 않는 나의 입/ 아무나 말을 걸어주길" 바라고 있다. 그런데 "뚜벅뚜벅 다가오는 발소리/ 그 애도 소심해서 말을 못 걸었다"고 했다. "나만 그런 게 아니구나" 하고 깨달았다. '나'는 "용기를 내어 입을 열어 본다/ 안녕"(우시온, 「친구 사귀기」)이라고 말을 건넨다. '나'와 너무 비슷한 친구들이기에 누구나 처음엔 긴장된다. 어쩌면 그 긴장 때문에, 그 긴장을 넘어서려고 서로 말을 거는 걸지도 모른다. 그렇다면, 친구를 대하는 '나'의 긴장과 두려움과 떨림은 '장벽'이 아니라 친구를 만나게 하는 '다리'일지도 모른다. 긴장은 서로 만나라고 부추기는 마음 상태이고, 그 긴장을 넘어서면 우리는 서로 둘도 없는 친구를 얻는다. "책상에 앉아 낙서만 끄적끄적하고 있을 때/ 그 친구가 왔다". '나'에게 "화장실을 갈 때 이동 수업을 할 때 물을 마시러 갈 때/ 한번도 빠짐없이 같이 가자고 하는 친구"가 있다. "처음에는 내 곁에 아무도 없었지만/ 이제는 든든하고 재미있고 의지가 되는 친구들이 생겼다"!(임지연, 「단 한 명의 친구」). '나'는 이젠 친구가 있어 외롭지 않다.

처음에는 "내 마음속의 황무지/ 단단한 유리 벽" 때문에 힘들었지만, '네'가 건넨 '안녕'이란 말로 시작된 "우리 사이에 조금씩 길이 생겼"다. 뒤를 돌아보니 우리 '새싹'은 "푸른 장미가 되어/ 꽃잎을 흔들"(김설미, 「황무지의 꽃」)고 있다. 우리는 황무지에 피어난 꽃이다! 피구를 하다가 "날 좋아하는 너를 맞춘 건/ 내 잘못이기도 한 것" 같아서 '너'를 볼 때마다 "마음이 움찔하고" "내 마음 한구석에" 늘 '네'가 있었는데(김려원, 「슬기와 나」), 이제는 서로에게 너무 익숙해지기도 한다. "신발을 밟으며 장난을 쳤는데" 이젠 "신발 끈을 묶어 주고",

"머리를 툭툭 치며 시비 거는 대신/ 머리를 쓰다듬"는다. 우리는 정말 "물과 기름이었는데" 이제는 "맑은 물에 툭 떨어져/ 아름답게 퍼지는 잉크"(김아름, 「돌체」) 같다.

하지만 언제나 위기는 온다. "친구를/ 가끔 미워할 때"가 생기는 것이다. 모두에게 친절하고 너무 이쁘고 친구나 선생님의 주목을 독차지하는 '너'가 너무 높아 보여서 미움과 질투가 생기는 것이다. 내 마음을 '나'도 모른다. 하지만 친구가 이쁨을 받기까지 "빛나는 노력이 있었다는 걸"(정예원, 「친구」) 이젠 분명히 안다. 내 친구는 그만큼 '멋진 친구'라는 걸 당당히 인정한다. 이런 친구가 "우리 절교야"라고 말하면, 무섭게도 "운동장이 황무지로 변한다". 국어 시간에 친한 친구의 이름을 적어 보라는 선생님 말씀에 마음이 떨린다. 수업이 끝나자 친구가 다가와 "떨리는 목소리"로 "절교 취소하자"며 굳센 눈빛을 보내면, 그때서야 내 얼굴엔 "미소가 핀다". 하루 내내 "부르지 못한 이름을 꺼낸다"(성현주, 「친구의 이름」). 그렇게 친구 사이는 위기를 겪고 이겨내면서 더 단단해진다.

가족끼리도 서로 다투고 화해하지 못한 채, 각자의 '문'을 단단히 잠글 때가 있다. 언니와 싸우고 동생과 싸워서 생긴 "파이고 찍히고 상처 난 문의 뒷면"이 처참하다. 화해시키려 애쓰는 엄마도 "조각난 문을 혼자 고치고 있"다. 이럴 땐 반드시 용기와 지혜가 필요하다. "이젠 네 개의 문이 아닌/ 하나의 큰 문을 만들어 서로에게/ 창이 되어주자"(김연주, 「문」)는 대담한 제안이 꼭 필요하다. 그래야 다시 만날 수 있고, 다시 사랑할 수 있으니까 말이다. 친구 사이도 그럴 것이다. 다툼이 있다면, 서로를 이해할 시간을 갖고 용기를 내어 서로 지혜롭게 위기를 헤쳐 나가야 한다. 처음 사귈 적에 비하면, 그리 어렵지도 않다. 처음의 긴장이 말을 건네며 서로를 잇는 다리가 되듯이 가족이나 친구와의 다툼도 서로 더 깊이 이해할 여유가 필요하다는 신호일 뿐이다.

　　중학교에 처음 입학한 날
　　새 교복을 입은 그날
　　문을 열자마자 어색하게 떨리는 공기의 흐름

　　다른 아이들과 섞이지 못할 거라 생각했던 나
　　그때 너희들이 말을 걸었지
　　다음 날에도
　　그다음 날에도

　　어느새 우린 하루의 시작과 끝을 함께했고
　　얼굴만 봐도 웃음이 나왔지

　　곰곰이 생각해 보니
　　처음부터 우린 섞여 있던 것인데
　　단지 그걸 느끼지 못했을 뿐이다
　　- 이지윤, 「우리」

　　그렇다, "처음부터 우린 섞여" 있었다. '나'와 참 비슷한 '너'는 처음부터 함께 섞여 있었다. 어쩌면 내 안에 네가 섞여 있고, 네 안에 내가 섞여 있는 건지도 모른다. 노란 봄맞이꽃과 보들보들한 민들레와

냉이꽃과 꽃다지꽃은 저마다 다르게 생겼지만 모두 봄날의 꽃이어서 같다. 우리도 똑같다. "가은이는 쉬는 시간이면 재잘재잘/ 태린이는 발걸음도 조신조신/ 늘씬한 지우는 길쭉길쭉/ 지수는 밝은 해처럼 싱글벙글"(임나현, 「우리는 꽃」). 그렇게 서로 다르지만 "우리는 같은 꽃"이다. "어떤 친구는 수다 떨고 어떤 친구는 피아노를 친다/ 나는 피아노 소리에 흥이 겨워 춤을 추며 뛰어간다". 친구들이 몰려와 발가락을 다친 '나'를 치료하고 안심시킨다(박지현, 「그 소독솜」). 친구는 '나'의 수호천사다. 나와 너는 서로 곁에 있어서, 있어 주어서 '우리'가 된다. 그럴 때, 우리는 다시 더 튼튼하고 아름다운 '나', 더 당당하고 멋진 '너'가 된다.

우리들의 교실, 우리들의 마을

더 멋진 우리가 되기 위한 과정에서 빼놓을 수 없는 게 바로 '공부'다. 공부는 하기 싫어도 피할 수 없다. '영어'는 "동생처럼 어렵고/ 짜증이 난다". 영어는 "나랑 친구하자고 그러는데/ 나는 그러고 싶지 않다"(백영서, 「영어」). 그렇다고 공부를 소홀히 하다 보면 난 'B급'이 된다. "성적표는 마법사"인데, "나를 한우로" 만든다. "성적표에 따라 나는/ A급도 되고 B급도 되"기(김찬송, 「B급 성적표」) 때문이다. 공부하러 학원을 가야 하는데, 가기가 싫다. 그러다 보니 눈여겨보지 않았던 풍경들이 눈에 들어온다. 막냇동생보다 어려 보이는 아이가 노란 학원 차에서 폴짝 뛰어내린다. "나는 학원에 가는데 너는 학원에서 오는구나" 하고 한숨이 푹 쉬어지고, "숨죽은 파처럼 흐물흐물 늘어져 차에 올라탄다"(조성연, 「학원에 가기 싫은 100번째 이유」). 어쩌다 친구랑 주말에 만나 카페에 가서 같이 공부하기로 한다. 카페는 "몽환적인 분위기/ 집중하기 좋을 것 같다". 교과서, 필기구를 꺼내는데, 친구가 "야야 너 그거 알아? 오늘 아침에 들은 건데" 한다. "오늘 공부하긴 글렀다"(이재희, 「공부」). 시험 범위까지 다 들춰보지도 못했는데, 벌써 디데이다. "하얀 백지 같은 내 머릿속,/덜덜 떨고 있는 내 손가락들". "시간이 흐를수록 모래시계에 파묻히는 느낌"(박지수, 「D- DAY」)이다. 식은땀 나는 날이었다.

하지만, 공부와 시험만이 학교생활의 전부는 물론 아니다. 학교에 가는 일도 쉽진 않다. "어김없이 알람시계는 울렸다/ 꿈이었으면 좋겠는데/ 옆에서 엄마 목소리가 들린다". 정말 5분만 더 누워 있으면 좋겠다. 정말 "포기할 수 없는 오 분"이다. "결국 똑같은 시간"이라는 걸 알지만 "매일 오 분"을 믿으면 행복하기까지 하다(김준솔, 「나의 오 분」). 학교 앞, "북적북적 나를 기다리는 친구들"이 보인다. 왜 이제 오냐며 째려본다. 교문 앞엔 매의 눈을 장착한 선생님이 우리를 기다린다. 첫 관문은 무사통과. 열화상 카메라 앞이 두 번째 관문이다. 마지막 관문은 "무한계단"…, "우리 반은 왜 4층인가"? 숨을 헐떡이며 교실에 도착한다. "오늘도 미션 성공"(김민정, 「등굣길 미션」)이다. 우리 학교의 "바닥은 대리석으로 된 타일/ 중앙엔 고급스러운 분수"와 "고급 호텔의 로비"다. 색색의 꽃나무가 가득한 큰 정원에는 잔잔한 음악이 흘러나온다. 점심시간이 여유롭다. 귀가 시간이 되어도 "발이 떼지지 않네"? 모두가 상상이다, "이랬으면 좋겠다"(최민서, 「우리 학교」)는 것일 뿐. 등교할 때 이런 상상도 한다. 덜컹대는 버스에 사람들이 이리저리 흔들린다. "넘어지는 사람을 잡는 모습이/ 마치 탱고를 추는 것 같다". "단정한 교복과 잔잔한 라디오가/ 화려한 옷과 탱고 음악으로 변한다/ 좌석에 앉은 관객들이 환호한다"(김민서, 「버스 안 탱고」). 짧은 상상이지만 그래도 학교 가는 길이 즐거워진다.

오늘은 반장 선거가 있는 날, "심장이 튀어나올 것 같다." '나'도 후보에 등록했기 때문이다. "젠장 너무 강적이잖아", 타 후보들이 만만찮다. "막상 애들 앞에 서니 한없이 작아지는 느낌"이어서 목소리도 한없이 작아졌다(지예린, 「반장 선거」). 2학기에나 다시 도전해야겠다. 학원에 거의 다 가서는 교실에 숙제를 놓고 왔다는 걸 알았다. 친구와 함께 학교로 돌아간다. "우리 교실은 텅 비어 있고/ 반에 혼자 있으니 기분이 이상했다"(최민희, 「3월 22일」). 그래도 옆에 친구가 있으니 기분이 영 이상하지만은 않다. 팬데믹 때문에 등교 대신 집에서 'EBS 온라인클래스'를 한 적도 있다. 선생님이 "자 그럼 모두 모인 것 같으니 출석을…" 하셨지만, 화면이 안 보인다, 카메라가 안 켜진다, 채팅 좀 읽어 주세요, 자꾸 튕겨져 나가요 등 컴퓨터 화면이 소란하다. "[이 페이지의 응답 없음/ 내 머릿속도 응답 없음"(원지우, 「응답 없음」)이다. 새로운 환경에 적응하기가 쉽지 않다.

그래도 어김없이 봄은 온다. 우리 교실, 우리 마을에서 일어나는 자잘하거나 커다란 사건들에도 불구하고 자연은 묵묵히 계절의 수레바퀴를 돌린다. 우리 집 고양이가 베란다로 나가는 걸 보니, 봄인가 보다. 한참을 밖을 보다가 햇살을 받으며 잠이 든다. "놀이터에서 노는 아이들과/ 화분을 만지는 어머니/ 그리고 그 옆에/ 따뜻한 고양이"(이하진, 「봄」)가 봄 풍경을 만든다. 아파트 입구 옆 손바닥 정원에 가꾸어놓은 꽃들을 몰래 캐가는 사람도 있다. "몇 송이 꽃은 훔쳤겠지만" 봄을 훔칠 수는 없다. 그 사람은 "봄이 뭔지 몰랐을 거다"(오현정,「훔치지 못한 봄」). 공동정원에 꽃을 심어 여럿이 함께 봄을 느끼게 하려는 사람의 마음과, 그 꽃 몇 송이를 뽑아가 자기 집 화분에 옮겨심어 자기만 보려고 하는 사람의 마음은 얼마나 다른가. 얼마나 크고 얼마나 작은가.

더 아프고 고통스러운 일도 있다. "태어난 지 492일밖에 되지 않은 아이", 정인이를 학대하여 죽음에 이르게 한 잔인한 사람이 있었다. 그 사람은 너무도 추악했다. "그 아이 후에도 피해 아동은/ 계속 나오고" 있다. "푸른빛 노을은 오늘도 지고"(임지은,「지워지는 기억- 정인아 미안해」) 있다. 아직 봄에도 이르지 못한 아이. 봄은 물론 여름, 가을, 겨울을 모두 지내며 오롯한 한 사람이 되어야 할 아이를 피어나지도 못하게 만든 나쁜 사람, 나쁜 환경이 있음을 오래, 그리고 늘 기억하여 이런 나쁜 일이 일어나지 않도록 모두 관심과 노력을 기울여야만 한다.

벚꽃은 성격이 급한 병아리들
잎보다 먼저 나와
꽃잎을 펴고 삐약거린다

분홍빛 울림이 언덕 위를 감돌면
그것은 봄의 안내자,
타고 남은 숯을 다시 태우는 소생의 기적

비가 한바탕 몰아치면
녹색 잎으로 털갈이한다

햇볕 곁을 서성이는 암록색 나뭇가지
그것은 바람의 현신
분홍빛의 울림을 기억하려는 작가의 펜

버찌는 떨어져
축제의 나무들 가지 끝에
땡그랑 땡그랑 종소리로 피어날 것이다
- 윤서현, 「벚꽃」

　정인이가 새로운 "봄의 안내자"가 되기를, 정인이가 다시 돌아오지
는 못하지만 그래도 새로운 "소생의 기적"을 만들기를, "바람의 현신"
이 되어 이 땅의 아픈 아이들이 새로운 생명을 얻기를, 그래서 모두
"축제의 나무들"이 되어 이 작은 지구마을을 살 만한 곳으로, 아름다
운 곳으로 만들어 주기를 두 손 모아 염원해 본다. 봄이 지나 여름이
되고, 가을을 지나 겨울이 되는 계절의 순환도 순서대로 잘 이루어져
야 한다. 하지만 코로나바이러스로 인한 팬데믹을 비롯하여, 연일 지
구 곳곳을 휩쓸고 있는 기상 이변까지도 인간 스스로 만든 재앙이라
고 밝혀졌다. 사계절이 사라지고, 여름과 겨울 두 계절만 남는 현상
도 자주 반복되고 있다. 하지만 "여름에만 누릴 수 있다는/ 그런, 그
런 냄새"가 있다. 그래서 "누군가와 추억이 깃든/ 그런, 그런 냄새"가
있다.

그저 시끄러웠던 매미 소리
땅이 갈라질 듯한 햇빛 소리

왜 이렇게 듣고 싶은지

그윽한 풀냄새

푸른 바람 냄새

왜 이렇게 맡고 싶은지

더운 열기가 온몸을 감싸듯 답답했던

땀 때문에 찝찔했던 옷들이,

헥헥 거리던 거친 숨소리,

아이스크림, 반바지, 선풍기

　- 이초연, 「여름 냄새」에서

　이런 여름 풍경, 여름 냄새가 더 이상 있게 되지 않는다면, 그야말로 재앙일 것이다. 우리는 "그 소소함에 깃든 기억들이/ 가을이 되면 아쉬워서/ 겨울이 되면 그리워서/ 봄이 되면 더 그리워서/ 한순간도 잊은 적 없다"(이초연, 「여름 냄새」). 그렇게 4계절은 우리에게 도착해야 한다. 우리의 느낌, 우리의 감각, 우리의 감정, 우리의 마음이 여러 가지 빛깔로, 여러 가지 향기로 피어나려면 4계절은 우리에게 배달되어야 한다.

　2021년 공주여중 학생시집 『한창 예쁠 나이』에는 자연의 순환을 기억하고, 인간의 조화를 소망하는, 더없이 지혜로운 작품들이 담겨 있다. 여기 싱그럽고 아름다운 69명의 시인과 함께 우리 지구마을은 오늘과는 다른 내일을 열 수 있으리라 믿는다.